我的超級好朋友

羅伯‧哈吉森／文圖　　黃聿君／譯

三民書局

哈囉！

我是小老鼠，在這裡跟大家介紹我的超級好朋友……

大ㄉㄚˋ貓ㄇㄠ頭ㄊㄡˊ鷹ㄧㄥ！

有一天，大貓頭鷹把我拎到樹上生活，
從此，我們成了超級好朋友。

能遇見大貓頭鷹，我真的好幸運！
我們成為超級好朋友，一定是命中注定。

因ㄧㄣ為ㄨㄟˋ，我ㄨㄛˇ們ㄇㄣ˙在ㄗㄞˋ一ㄧ起ㄑㄧˇ過ㄍㄨㄛˋ得ㄉㄜ˙好ㄏㄠˇ開ㄎㄞ心ㄒㄧㄣ！

我ㄨㄛˇ們ㄇㄣ˙玩ㄨㄢˊ「鬼ㄍㄨㄟˇ抓ㄓㄨㄚ人ㄖㄣ˙」……

有時候，大貓頭鷹幾乎就要抓到我了……

但還是差一點啦。

大ㄉㄚˋ貓ㄇㄠ頭ㄊㄡˊ鷹ㄧㄥ最ㄗㄨㄟˋ喜ㄒㄧˇ歡ㄏㄨㄢ玩ㄨㄢˊ捉ㄓㄨㄛ迷ㄇㄧˊ藏ㄘㄤˊ。

我ㄨㄛˇ很ㄏㄣˇ會ㄏㄨㄟˋ躲ㄉㄨㄛˇ，每ㄇㄟˇ次ㄘˋ都ㄉㄡ可ㄎㄜˇ以ㄧˇ玩ㄨㄢˊ上ㄕㄤˋ好ㄏㄠˇ幾ㄐㄧˇ個ㄍㄜˋ小ㄒㄧㄠˇ時ㄕˊ！

遊戲結束後，大貓頭鷹總是會請我吃超美味點心。

有這麼大方的好朋友，我真幸運！

我愛吃甜甜圈，大貓頭鷹
總是一個接一個的給我……

給《ㄍㄟˇ我ㄨㄛˇ好ㄏㄠˇ多ㄉㄨㄛ好ㄏㄠˇ多ㄉㄨㄛ ……

我ㄨㄛˇ一ㄧ口ㄎㄡˇ氣ㄑㄧˋ吃ㄔ光ㄍㄨㄤ光ㄍㄨㄤ。

一ㄧ個ㄍㄜˋ都ㄉㄡ不ㄅㄨˋ剩ㄕㄥˋ。

偶ㄡˇ爾ㄦˇ，我ㄨㄛˇ也ㄧㄝˇ會ㄏㄨㄟˋ懷ㄏㄨㄞˊ疑ㄧˊ起ㄑㄧˇ我ㄨㄛˇ們ㄇㄣ˙的ㄉㄜ˙友ㄧㄡˇ情ㄑㄧㄥˊ。

像ㄒㄧㄤˋ是ㄕˋ有ㄧㄡˇ時ㄕˊ候ㄏㄡˋ我ㄨㄛˇ想ㄒㄧㄤˇ去ㄑㄩˋ散ㄙㄢˋ散ㄙㄢˋ步ㄅㄨˋ，

或ㄏㄨㄛˋ是ㄕˋ想ㄒㄧㄤˇ獨ㄉㄨˊ處ㄔㄨˋ一ㄧˊ下ㄒㄧㄚˋ，

大ㄉㄚˋ貓ㄇㄠ頭ㄊㄡˊ鷹ㄧㄥ總ㄗㄨㄥˇ是ㄕˋ黏ㄋㄧㄢˊ在ㄗㄞˋ我ㄨㄛˇ身ㄕㄣ邊ㄅㄧㄢ。
有ㄧㄡˇ個ㄍㄜˋ超ㄔㄠ級ㄐㄧˊ好ㄏㄠˇ朋ㄆㄥˊ友ㄧㄡˇ，有ㄧㄡˇ時ㄕˊ候ㄏㄡˋ也ㄧㄝˇ挺ㄊㄧㄥˇ煩ㄈㄢˊ的ㄉㄜ。

不過我知道，那是因為大貓頭鷹太愛我了。

所以她才會記得我的生日，
甚至送我一份好棒的禮物。

我的專屬小屋？！

能有這麼貼心的超級好朋友，
我真的好幸運！

有個超級好朋友最棒的地方，
就是可以到對方家過夜。

其˙實ˊ，我ˇ們˙昨ˊ晚ˇ就ˋ是ˋ一ˋ起ˇ過ˋ夜˙的˙。
可ˇ是ˋ，等ˇ我ˇ醒ˇ來ˊ的˙時ˊ候ˋ……

我發現自己在這個黑漆漆的地方。

這是哪裡啊？

要是大貓頭鷹在就好了。
她會幫我理出頭緒。

嗝《ㄜˊ …………

呃ㄜˋ …………

喔ㄛ......

噁ㄜˇ......

嘔ㄡˇ嘔ㄡˇ嘔ㄡˇ嘔ㄡˇ嘔ㄡˇ呸ㄆㄟ！

大（ㄉㄚˋ）貓（ㄇㄠ）頭鷹（ㄊㄡˊ）（ㄧㄥ）！

你（ㄋㄧˇ）救（ㄐㄧㄡˋ）了（ㄌㄜ˙）我（ㄨㄛˇ）一（ㄧˊ）命（ㄇㄧㄥˋ）。

你（ㄋㄧˇ）是（ㄕˋ）世（ㄕˋ）界（ㄐㄧㄝˋ）上（ㄕㄤˋ）最（ㄗㄨㄟˋ）棒（ㄅㄤˋ）的（ㄉㄜ˙）超（ㄔㄠ）級（ㄐㄧˊ）好（ㄏㄠˇ）朋（ㄆㄥˊ）友（ㄧㄡˇ）！

獻給愛芭 ——R.H.

♥IREAD

我的超級好朋友

文　　圖	羅伯‧哈吉森
譯　　者	黃聿君
責任編輯	江奕萱
美術編輯	黃顯喬

發 行 人	劉振強
出 版 者	三民書局股份有限公司
地　　址	臺北市復興北路 386 號 (復北門市)
	臺北市重慶南路一段 61 號 (重南門市)
電　　話	(02)25006600
網　　址	三民網路書店 https://www.sanmin.com.tw

出版日期	初版一刷 2021 年 1 月
書籍編號	S859471
I S B N	978-957-14-6964-5

My Best Friend
First published in 2019 by Frances Lincoln Children's Books,
an imprint of The Quarto Group
Copyright © 2019 Quarto Publishing plc
Text and Illustrations © 2019 Rob Hodgson
Traditional Chinese translation copyright © 2021 San Min Book Co., Ltd.
ALL RIGHTS RESERVED